Angie Westhoff

Ein neuer Fall für Penelope

Angie Westhoff wurde 1965 geboren. Sie studierte Germanistik und Geschichte in München, wo sie auch heute noch lebt. Angie Westhoff arbeitet in der Lehrerfortbildung und schreibt Kinderbücher.

Dorothea Tust, geboren in Langenberg/Rheinland, studierte in Wuppertal Grafikdesign mit Schwerpunkt Illustration. Sie arbeitet seit dem Abschluss freiberuflich als Illustratorin für unterschiedliche Verlage und Projekte – aber fast immer für Kinder!

Angie Westhoff

Ein neuer Fall für Penelope

Illustrationen von Dorothea Tust

Klopp · Hamburg

Von Angie Westhoff sind in der Reihe *Leseratten* erschienen:

Ein Fall für Penelope
Ein neuer Fall für Penelope

Einband und farbige Illustrationen von Dorothea Tust
Satz: UMP GmbH, Hamburg
Reproduktion: Die Litho, Hamburg
Druck und Bindung: Himmer AG, Augsburg
Printed in Germany 2007
ISBN 978-3-7817-2451-8

www.erika-klopp.de

Inhalt

1. Kapitel

Eine sensationelle Erfindung

Es war ein ganz gewöhnlicher Schultag, der ein klein wenig nach alten Socken roch. Manche Schultage riechen wie Erdnusscreme oder Kaugummi, andere wie Tintenkiller oder Bohnerwachs. Und dieser Tag roch eben ein klein wenig nach alten Socken.

»Penelope!« Frau Sanders, ihre Deutschlehrerin, hatte sich vor Penelope aufgebaut und wedelte mit einem Heft durch die Luft. »Kannst du mir sagen, seit wann man nach einem Komma großschreibt?«

Das konnte Penelope nicht, aber sie wollte auch nicht unhöflich sein. Verzweifelt kniff sie ihrer Banknachbarin in den Oberschenkel, aber die malte gerade grüne Strichmännchen und hatte die Frage gar nicht gehört. »Seit der Französischen Revolution?«, antwortete Penelope mit hochrotem Gesicht. Die Klasse johlte. Frau Sanders schüttelte den Kopf, seufzte tief und wandte sich schließlich einem anderen Thema zu. Penelope blies sich eine Haarsträhne aus dem Gesicht und war mächtig stolz auf sich. Ohne fremde Hilfe hatte sie gerade eine äußert schwierige Klippe umschifft. Sie strahlte ihre Mitschüler an, dann schweifte ihr Blick zur Tafel und von dort zum Fenster. Sie stutzte. Was war denn da unten los? Vor dem Kiosk standen eine Menge Leute, blätterten aufgeregt in Zeitungen, diskutierten und fuchtelten mit den Armen. Gespannt beobachtete Penelope den Menschenauflauf, dann war die Sache entschieden. Sie stand auf, murmelte ein undeutliches »Toilette« und drückte sich an Frau Sanders vorbei. Ihrem Freund Lars in der ersten Reihe blinzelte sie noch verschwörerisch zu, und schon fiel die Tür des Klassenzimmers hinter ihr ins Schloss.

Am Kiosk drängte sich Penelope durch die Menschenmenge. »Es soll eine Sensation sein«, sagte ein Mann im Anzug und versuchte eilig, Geld aus seiner Hosentasche zu angeln. Dabei gab er den Blick auf die Tageszeitungen frei. »Größter Erfinder des Jahrhunderts« lautete die Schlagzeile, und ein riesiges Foto lächelte von den Titelseiten herunter. Penelope erstarrte. »Suppenhuhn und Höllenfeuer«, murmelte sie. »Das war doch gar nicht möglich!«

Sie warf das passende Kleingeld auf den Tresen, stopfte sich eine Zeitung unter den Pullover, schlidderte durch die langen Flure zurück ins Klassenzimmer und an Frau Sanders vorbei, die vorne an ihrem Pult in ein Buch vertieft war. Unauffällig steckte Penelope ihrem Freund Lars die Zeitung zu. Dann rutschte sie schnell auf ihren Platz und begann, Radiergummis zu zerbröseln. So wie sie es immer machte, wenn sie nervös war.

Währenddessen vertiefte sich Lars in den Artikel auf der Titelseite:

»Größter Erfinder des Jahrhunderts: Seit über einem Jahr arbeitet der Physiker und Maschinenbauer Clemens Bernhard an einer sensationellen Neuerung im Bereich der Telekommunikation. Seine Erfindung soll das gesamte menschliche Zusammenleben verändern. Vor wenigen Tagen hat Bernhard seine Arbeit beendet. Auf einer Presse-

konferenz kommenden Montag wird er das Ergebnis präsentieren.«

Lars hielt den Atem an. Das gesamte menschliche Zusammenleben konnte dieser Clemens Bernhard also verändern. Das war natürlich schon eine Sache. Und hoffentlich eine gute. Es hatte schon furchtbare Erfindungen gegeben, die auch alles verändert hatten. Die Wasserstoffbombe. Uhren mit Wecker. Und Turnhallen. Aber dann schüttelte Lars den Kopf. Nein, im Bereich der Telekommunikation hatte es geheißen. Es ging also ums telefonieren, oder? Was konnte dieser Typ wohl entdeckt haben?

Lars' Gedankenflug wurde unterbrochen, als ihm sein Hintermann einen gefalteten Zettel zusteckte. Er kam von Penelope. Lars öffnete das Papier und las die fünf hingekritzelten Worte. Ungläubig schüttelte er den Kopf. »Das gibt es doch gar nicht«, flüsterte er. Die Schulglocke riss gellend ein Loch in den Vormittag, das folgende Stühlerücken erinnerte an einen Sturm auf hoher See. Der Schultag war zu Ende, und die Schüler jagten hinaus in die Freiheit.

Nur Lars bemerkte nichts von alledem. Er starrte noch immer auf den Zettel. »Das bedeutet ein sofortiges Treffen auf dem Kutter«, murmelte er. Dann sprang er auf, schnappte seine Schultasche und rannte nach draußen.

Die Tür fiel hinter ihm ins Schloss, und ein Luftzug fuhr unter das kleine Stück Papier. Es tanzte durchs Klassenzimmer, blieb an einem staubigen Kaktus hängen, und im Sonnenlicht leuchtete Penelopes krakelige Schrift: »Clemens Bernhard ist mein Patenonkel!«

2. Kapitel

Treffen auf dem Kutter

Im Garten von Lars' Tante stand ein alter Kutter. Ein Garten war zwar nicht unbedingt der beste Platz für ein Boot. Aber auch nicht der schlechteste. Das dachte zumindest Tante Sophia. Als Lars zu ihr zog, wurde das Boot schnell sein Lieblingsplatz. Mittlerweile verbrachte er den größten Teil seiner Zeit hier. Wenn die Sonne schien, saß er mit seinen Freunden Penelope, Sternchen und Jojo an Deck. Wenn es regnete, lag er in seiner Koje und verschlang dicke Bücher. Und in mondklaren Nächten stand er an Deck und beobachtete die Sterne. Er hoffte nämlich, eines Tages Transpluto zu finden, den zehnten Planeten im Sonnensystem. Niemand wusste, ob es ihn wirklich gab, aber Lars würde ihn finden. Auch wenn er dafür noch viel lernen und hart arbeiten musste.

Im Moment sah es allerdings nicht so aus, als würde der zukünftige Entdecker des Transpluto in Arbeit ersticken. Er saß mit Penelope, Sternchen und Jojo an Deck des Kutters in der Sonne. Aufgeregt blätterten die Freunde in mindestens zehn verschiedenen Zeitungen. »Wenn dieser Erfinder dein Patenonkel ist, verstehe ich nicht, warum es keinerlei Ähnlichkeit zwischen euch gibt«, bemerkte Sternchen. Sternchen war Chinesin. Eigentlich hieß sie Li Chen Lai. Aber ihre Freunde nannten sie der Einfachheit halber Sternchen.

»Weil wir nicht verwandt sind«, erklärte Penelope. »Er ist ein Studienfreund meines Vaters, und ich sehe ihn nur jedes Jahrhundert einmal.«

»Niemand scheint zu wissen, was er eigentlich erfunden hat«, sagte Jojo und guckte dabei ganz skeptisch. Jojos Leben bestand aus Boxen, Schwimmen und Fußball. Erfindungen und Weltveränderungen waren Klimbim, und er glaubte nicht daran.

»Der Erfinder lüftet das Geheimnis«, erklärte Lars. »Auf dieser Pressekonferenz am kommenden Montag.«

Penelope grinste übers ganze Gesicht. »Also haben wir eine Chance, es vorher zu erfahren«, sagte sie. »Er besucht uns nämlich morgen.« Einige Sekunden herrschte verblüfftes Schweigen. Nur das alte Bootssegel wisperte im Wind. »Wie bitte?« Lars kullerten fast die Augen aus dem Kopf. »Seit wann weißt du denn das?«

»Nun, schon eine ganze Weile. Aber bis heute früh war diese Tatsache wenig spannend.« Entschuldigend zuckte Penelope mit den Schultern. Niemals wäre sie auf den Gedanken gekommen, dass Onkel Clemens eine berühmte Persönlichkeit sein könnte, und selbst wenn, hätte es sie wahrscheinlich nicht besonders interessiert. Ihr Vater, der Professor, war auch berühmt, und es juckte sie nicht im kleinen Finger bei diesem Gedanken. Aber zugegeben, der Professor war eigentlich gar kein Professor, sondern schrieb nur langweilige Bücher. Und Clemens hatte mit seinen Erfindungen vom tanzenden Haushaltsmixer bis hin zum wiederverwendbaren Kaugummi auch nicht immer spannende Ergebnisse erzielt. Doch die Geschichte diesmal? Das beeindruckte sie schon. Sie kaute auf ihrer Unterlippe herum, so wie sie das immer machte, wenn sie nachdachte. Oder wenn es so aussehen sollte.

»Am besten kommt ihr heute zum Abendessen, und wir sprechen mit dem Professor. Er kann uns sicherlich sehr viel mehr sagen als all diese Zeitungen!«

3. Kapitel

Besuch beim Professor

Sternchen, Jojo und Lars überquerten die Steppe, eine öde Buschwiese am Stadtrand. Gräser und Halme glühten rot in der untergehenden Sonne. Hinter der Steppe lag das Haus des Professors.

»Welch seltener Besuch«, freute sich Penelopes Vater. Auf dem Tisch dampften Hähnchenschenkel, Würstchen und Penelopes weltberühmter Kartoffelbrei. Die Freunde fielen über das Essen her, als hätten sie tagelang nichts bekommen. Als sich die Mahlzeit schließlich dem Ende näherte, kam Jojo zum Thema. »Was wir gerne wissen würden«, setzte er mit vollem Munde an, aber der Professor winkte ab. Er tupfte sich mit einer Serviette die Lippen ab, nahm einen herzhaften Schluck Rotwein und lehnte sich auf seinem Stuhl zurück. »Ihr interessiert euch vermutlich für meinen Freund Clemens Bernhard, oder? Er macht ja ziemliche Schlagzeilen.«

»Weißt du, worum es geht?«, fragte Penelope.

Der Professor schüttelte den Kopf. »Nein, bis jetzt noch nicht. Aber bald. Und sicherlich vor allen anderen. Wir haben da nämlich eine Abmachung.« Er stand auf und bedeutete seinem Besuch, ihm in die Bibliothek zu folgen. Die Bibliothek war der einzige Raum des Hauses, in dem geraucht wurde. Der Professor hatte die merkwürdige Theorie, dass Bücher zum Atmen ab und zu Pfeifentabak brauchten.

»Wir wohnten damals alle in derselben Wohnung, einer recht gemütlichen Studentenbude«, begann der Professor und zündete seine Pfeife an. »Clemens Bernhard, der Physikstudent. Anna Goncalveš, Medizinstudentin aus Brasilien. Daniel Dorin, Student der Meeresbiologie. Und ich, der Schriftsteller. Wir hatten ein paar wunderschöne Jahre. Als wir auseinandergingen, schworen wir uns ewige Freundschaft und gaben uns ein Versprechen.« Der Professor schwieg und zog an der Pfeife. Seine Augen wanderten ins Leere. »Wir würden uns immer treffen, wenn Clemens etwas erfinden, Anna und Daniel etwas erforschen oder ich ein neues Buch herausgeben würde. Bevor ein Wort an die Öffentlichkeit geht, müssen wir die Freunde informieren. So ist das bis heute.«

Lars nickte. »Und wie oft ist das schon passiert?«

Der Professor lachte. »Nun ja. Anfänglich sahen wir uns meist, wenn eines meiner Bücher fertig wurde. Dann entwickelte Anna einen Wirkstoff gegen einen Fiebervirus. Und schließlich begann Clemens mit seinen Erfindungen. Ursprünglich waren das Kleinigkeiten, Dinge, die kein Mensch haben wollte. Aber in den letzten Jahren hat sich das sehr geändert.«

»Und der Meeresbiologe, dieser Daniel Dorin?«, fragte Sternchen.

»Daniel forscht schon seit einer Ewigkeit an seinen Delfinen, aber eine wirklich neue Entdeckung hat er bis jetzt noch nicht gemacht.«

»Also kommen alle drei hierher?«, fragte Jojo.

»Ja, morgen. Und dann will uns Clemens seine Weltneuheit präsentieren. Schätze mal hier, in meiner bescheidenen Bibliothek.« Der Professor paffte noch ein paar Kringel, und dann zog er sich zurück. Kurze Zeit später ertönten aus seinem Arbeitszimmer im ersten Stock leise Geräusche. Er saß am Computer und schrieb an seinem nächsten Roman, der Geschichte einer jüdischen Kaufmannsfamilie.

»Weltneuheit, na ja«, zweifelte Jojo, als die Freunde später in Penelopes Zimmer unter dem Dach saßen.

»Morgen können wir das selbst beurteilen«, sagte Penelope. »Wir werden nämlich dabei sein, wenn Clemens seine Erfindung preisgibt. So einfach ist das.« Und wenn Penelope sagte, etwas sei einfach, dann war es das meistens auch. Aber nicht diesmal.

Die Freunde diskutierten sich die Köpfe heiß, doch eine wirklich gute Lösung fand niemand. Ein Handy hinter den Büchern zu verstecken und an einem zweiten mitzuhören war eine fantastische, aber unbezahlbare Idee. Penelope plädierte dafür, sich zu verstecken und zu lauschen. Leider scheiterte dieser Vorschlag an der schlichten und überschaubaren Einrichtung der Bibliothek. »Kein Schrank, keine Nischen, nur Regale. Das können wir vergessen«, stellte Sternchen sachlich fest.

»Wir müssten eigentlich nur von einem Nebenzimmer ein Loch in die Wand schlagen«, sagte Jojo in seiner praktischen Art, und plötzlich ging in Penelopes Kopf ein kleines Licht an. Vor zwei Jahren hatten sie und der Professor die Bibliothek gestrichen. Eine Aktion, an die sie sich nur ungern erinnerte. Dabei waren sie auf die Tür zur Kartoffelkammer gestoßen. Diese Kammer war, wie der Name schon sagte, voll mit Kartoffeln. Und sie hatte zwei Türen: eine zur

Küche und eine zur Bibliothek. Da der Professor der Ansicht war, dass man in der Bibliothek nur selten Kartoffeln brauchte, hatte er die Tür zur Kammer mit seinen Bücherregalen zugestellt.

Mit einem Satz war Penelope auf den Beinen, stürzte in die Küche und von dort in die Kartoffelkammer. »Wow«, staunte Sternchen. An der Decke hingen Spinnweben. Der Boden war angefüllt mit Säcken. Und aus allen lugten Kartoffeln. Dicke und schmale, helle und braune mit ganz viel Erde.

»Wer soll die denn alle essen?«, fragte Lars und ließ seinen Blick über die wundersame Pracht wandern. Penelope grinste. »Daraus machen der Professor und ich unseren einzigartigen Kartoffelbrei. Den besten, den je ein Mensch unter der Sonne gekocht hat.« Sie kämpfte sich durch die Säcke bis zur gegenüberliegenden Wand. »Da ist die Tür zur Bibliothek«, sagte sie fröhlich. »Wir öffnen sie einen Spaltbreit, verstecken uns hier in der Kammer und hören garantiert jedes Wort.«

»Und das wird niemand merken?«, fragte Jojo skeptisch.

Penelope schüttelte den Kopf und öffnete die Tür. »Seht ihr? Wir befinden uns direkt hinter einem der Regale. Und die sind alle voll mit Büchern.«

»Genial«, freute sich Lars. »An einigen Stellen können wir sogar durchgucken.«

»Wir brauchen nur ein bisschen mehr Platz hier drin«, sagte Jojo, krempelte die Ärmel hoch und wuchtete einen riesigen Kartoffelsack beiseite.

»Und die Spinnweben müssen raus«, befahl Sternchen. »Sonst setze ich morgen keinen Fuß in dieses Loch.«

Plötzlich hörten sie Schritte, Penelopes Vater kam die Treppe ins Erdgeschoss herunter. »Ruhe«, zischte Penelope und löschte das Licht in der Kammer. Gerade noch rechtzeitig, dann betrat der Professor den angrenzenden Raum. »Wo habe ich denn nur meinen Tabak?«, murmelte er. Suchend ging er durch die Bi-

bliothek, schimpfte mit sich selbst, seufzte und verschwand schließlich wieder. Erst als kein Laut mehr zu hören war, machte Penelope wieder Licht. Triumphierend strahlte sie ihre Freunde an. »Na also, es funktioniert«, jubelte sie. »Morgen Abend werden wir jedes Wort verstehen!«

4. Kapitel

In der Kartoffelkammer

Am nächsten Morgen sah Lars aus, als hätte er die ganze Nacht Kartoffelsäcke geschleppt. Er gähnte und hatte größte Mühe, sich zu konzentrieren. Gerade versuchte Frau Sanders, ihre Schüler für die kommenden Projekttage zu begeistern. »Jede Klasse einigt sich auf ein bestimmtes Land«, erklärte sie. »Ihr beschäftigt euch mit der Kultur des Landes und präsentiert die Ergebnisse auf dem Sommerfest.«

»Spanien«, schlug ein Mädchen mit Pferdeschwanz vor. Frau Sanders nickte, aber allgemeines Gemurre deutete darauf hin, dass aus dieser Idee wohl nichts werden würde. »Ägypten«, tönte es aus einer der hinteren Reihen. Fußtrampeln als Zeichen der Zustimmung. Lars gähnte erneut, dann galoppierten seine Gedanken in die Ferne. Heute Nachmittag würden der Erfinder, die brasilianische Ärztin und der Meeresbiologe eintrudeln. Er stutzte eine Sekunde. Die brasilianische Ärztin. Langsam hob er seine Hand. »Brasilien. Da gibt's Regenwald und Karneval.« Und nach einigem Zögern setzte er hinzu: »Fußball. Und sogar Voodoo.« Das schlug ein wie eine Bombe. Alter Zauber und magische Kräfte, mit denen man anderen etwas anhexen konnte. Das war schon was. Das Trampeln der Füße schwoll an wie ein Tornado, und damit hatte Brasilien gewonnen.

»Ich habe Brasilien vorgeschlagen«, erklärte Lars Sternchen und Jojo in der Pause. Die beiden gingen in die Nachbarklasse, und wichtige Neuigkeiten wurden vormittags stets auf dem Schulhof ausgetauscht. »Wegen der brasilianischen Ärztin. Es ist vielleicht ganz sinnvoll, ein Thema zu haben, mit dem wir beim Professor und seinen Freunden reinplatzen können. Falls unsere Abhöraktion misslingt.«

Jojo sah ihn beeindruckt an. »Unsere Klasse hat sich für China entschieden«, sagte er mit einem Blick auf Sternchen. »Wir gehen nachher zu den Lais und sammeln Ideen.«

Ein Besuch bei Sternchens Familie war wie ein Stundenticket in eine andere Welt. Eine chinesische Welt. Schon neben der Haustür saßen kleine goldene Lö-

wen, die dem Gast Glück bringen sollten, und von der Decke im Flur baumelten rote Lampions. Aus der Küche drangen exotische Gerüche. »Frühlingsrollen«, konstatierte Sternchen und zog Jojo ins Wohnzimmer. Jojo grinste. Die Lais waren die einzigen Menschen, die im Sommer nicht gern auf der Terrasse saßen. Aber schließlich war die Familie Lai auch die einzige, die nach einem Mondkalender lebte. Das war ein sehr genauer Kalender, der einem sagte, was man an bestimmten Tagen machen sollte und was nicht.

»Damit bist du für alle, die den Kalender kennen, total berechenbar«, hatte Lars irgendwann festgestellt. »Berechenbar wie ein Planet oder Stern.«

Von diesem Tag an hieß Li Chen Lai nur noch Sternchen. Frau Lai balancierte kleine Schüsseln aus der Küche, setzte sich an den Tisch und begann lautstark ihre Suppe zu schlürfen. »Für die Sommerparty baut jede Klasse einen Stand im Schulgarten auf«, erklärte Sternchen. »Wir brauchen chinesische Dekoration. Ein paar Lampions, bemalte Wandbehänge und Räucherkerzen.«

»Und natürlich was zu essen«, warf Jojo ein und schielte aus den Augenwinkeln zu Sternchens Mutter hinüber. Frau Lai nickte, grinste, und so war das Thema zur Zufriedenheit aller erledigt.

Um sieben Uhr abends versammelten sich die Freunde in der Kartoffelkammer und öffneten die Tür zur Bibliothek. Nur einen Spaltbreit, aber das würde genügen. Plötzlich hörten sie Schritte. »Achtung«, zischte Lars, Penelope löschte das Licht, und leise atmend lehnten sich die Freunde an die Wand. Der Professor bat seine Freunde in die Bibliothek. Kurz darauf flatterte ein silberhelles Lachen durch den Raum. »Na, mein Lieber, du bekommst auch nie genug von deinen Büchern, oder?« Das war Anna Goncalveš. Clemens Bernhard und Daniel Dorin gesellten sich dazu, Stimmengemurmel war zu hören, schließlich wurde es still.

»Liebe Freunde«, begann der Erfinder mit krächzender Stimme. »Meine neueste Idee ist wirklich sensationell.« Vorsichtig wagte Penelope einen Blick durch das Regal in die Bibliothek. Dort stand Clemens. Klein und drahtig, mit einem Kopf so oval wie ein Ei. Auf seiner Nase wackelte windschief ein rundes Drahtgestell. »Die Erfindung ist noch nicht patentiert. Unserer alten Abmachung folgend, setze ich zuerst euch in Kenntnis.«

»Wie bitte? Die Erfindung ist noch nicht patentiert?«, fragte Penelopes Vater verblüfft. Irgendetwas an seiner Stimme veranlasste Penelope aufzuhorchen. Sie wagte einen zweiten Blick in die Bibliothek, aber sie sah nur Clemens. Der griff nach einer abgewetzten Mappe, öffnete sie und strich zärtlich über einen dünnen Packen Papier. »Ich trage sie Tag und Nacht mit mir herum. Es gibt nur diese Version. Alle Daten im Computer sind gelöscht. Zufrieden?« Ein Aufatmen ging durch den Raum. Jetzt verstand Penelope. Ihr Vater fürchtete, dass jemand die Erfindung klaute. Vermutlich war sie wertvoll, und man konnte stinkreich damit werden. Oder eine fremde Macht wollte sie an sich bringen und schickte Spione aus. Das war ganz nach ihrem Geschmack. Mit ein bisschen Glück konnte es in den nächsten Tagen spannend werden.

»Liebe Freunde«, begann Clemens erneut. »Eines Tages war ich am Telefon, als mich jemand ...« *Krawumm!* Ein Fensterladen knallte. »Mist, da ist jemand!«, rief Clemens.

Der Professor versuchte, ihn zu beruhigen. »Das war sicher nur der Wind.«

Aber der Erfinder war aus dem Konzept gebracht. »Meine Nerven sind im Moment nicht die besten. Lasst uns das Gespräch auf morgen verschieben.«

»Oh!« und »Schade!« flogen durch den Raum. Doch Clemens blieb eisern. »Morgen Abend erfahrt ihr alles. Ich bin etwas gestresst und gehe wohl am besten ins Bett.«

»Wir sollten auch zu Bett gehen«, sagte Anna Goncalveš. »Wer weiß, womit Clemens uns morgen überrascht.« Man hörte hingehauchte Küsse und Männerstimmen, dann ging das Licht in der Bibliothek aus.

5. Kapitel

Eine schöne Katastrophe!

Zur großen Überraschung von Sternchen, Jojo und Lars lud der Professor die Kinder am nächsten Tag zu Kaffee und Kuchen ein. »Ihr platzt doch sicher vor Neugier«, hatte er gemeint. Und damit hatte er natürlich recht.

Nun saßen die Freunde auf der Terrasse und lauschten Annas Geschichten über Brasilien. Und Daniel erzählte von seiner Delfinstation. Die Haare hingen ihm wirr ins Gesicht, und sein Lächeln erinnerte an eine Zahnpasta-Werbung. Der sieht richtig cool aus, dachte Jojo, wie ein Meuterer von der Bounty. Oder ein Filmstar im Urlaub.

Clemens Bernhard saß auf einem wackligen Stuhl in der Ecke und schälte Kartoffeln. »Das ist mal eine gute Abwechslung für gestresste Erfinder«, hatte Penelope entschieden. »Ja, ja«, hatte Clemens zugestimmt. »Ich kann auch ein Schwein schlachten oder auf einem Volksfest Walzer tanzen. Alles was du willst.« Aber Penelope wollte am Abend Kartoffelbrei essen, und so hatte sich der Erfinder seufzend in sein Schicksal ergeben.

Währenddessen half Sternchen dem Professor bei der Suche nach seinem Roman, den er irgendwo verlegt hatte. »Ich weiß nicht, was die Geschichte der jüdischen Kaufmannsfamilie neben der Butter zu suchen hat«, jammerte Penelopes Vater, als er den Roman endlich im Kühlschrank fand. Alle lachten. »Clemens, möchtest du einen Blick auf meine Geschichte werfen?«, fragte der Professor. Clemens nickte, stellte die Schüssel mit den Kartoffeln auf den Tisch, griff nach der Mappe mit seiner Erfindung und folgte dem Professor in sein Arbeitszimmer.

Auf der Terrasse ging es jetzt um die Projekttage in der Schule, und Anna gab gute Tipps. »Das Lieblingsgetränk der Kinder in Brasilien heißt *vaca preta*, schwarze Kuh«, erklärte sie. »Cola mit gemischtem Eis. Schmeckt am besten, wenn das Eis langsam schmilzt.« Im Moment sah eher Lars so aus, als würde er schmelzen. Mit großen Augen hing er an Annas Lippen und nickte wie eine ferngesteuerte Marionette. »Oder macht brasilianische Hamburger. Sie heißen *bauru* und sind mit Hühnerfleisch und Mais gefüllt.« Schließlich legte sie Tanzmusik auf und zeigte ihnen, wie man Samba tanzt. Penelope und Lars schwangen die Hüften, bis ihnen alle Knochen wehtaten, dann warfen sie sich erschöpft ins Gras.

Jetzt kam Clemens die Treppe herunter. »Ich mache einen kleinen Spaziergang«, sagte er, winkte den Kindern zu und schlenderte über die Wiese zum Fluss hinunter. Der Fluss führte quer durch die Stadt, an den Gärten und an Lars' Kutter vorbei, und man konnte herrlich an ihm entlanglaufen. Er hat seine Erfindung nicht dabei, fuhr es Lars durch den Kopf. Und er hatte sie noch nicht patentiert. Eine Erfindung ohne Patent war wie ein Hund ohne Halsband. Jeder konnte sie nehmen und behaupten, es wäre seine. Lars fröstelte. Sicherlich hatte Clemens viele Neider. Feinde. Ob die ihm wohl auch hierher gefolgt waren? Vielleicht lauerten sie ihm auf, unten am Flussweg. Doch dann schüttelte er den Kopf, seine Fantasien gingen mal wieder mit ihm durch.

»So, so«, feixte Penelope. »Unser Lars liegt also lieber hier im Gras herum und träumt, während wir jetzt in die Stadt gehen und Eis essen. Sollen wir dem Herrn etwas mitbringen?«

»Ein Jammer, dass der Professor dir keine Manieren beigebracht hat«, erwiderte Lars. Vergnügt sprang er auf und schlenderte mit seinen Freunden zum Fluss. Lachend und plappernd folgten sie den Windungen des Flusses.

»Da vorne liegt jemand«, rief Jojo plötzlich, als sie um eine scharfe Kurve bogen.

»Das ist Clemens!«, schrie Penelope. Und tatsächlich! Clemens Bernhard lehnte an einem Baumstamm, der Kopf war ihm auf die Brust gesackt. Die Beine lagen quer über dem Flussweg, und an seiner Stirn klebte Blut. Mit einem Schrei stürzte Penelope zu ihm und tätschelte ihm die Wangen, bis die Farbe in sein Gesicht zurückkehrte. Endlich schlug der Erfinder die Augen auf. Mühsam zogen die Freunde ihn hoch, und Schritt für Schritt schleppten sie ihn zum Haus zurück. Dort setzten sie ihn in einen Liegestuhl,

während der Professor ans Telefon eilte, um einen Arzt zu rufen.

»Was ist passiert?«, fragte Clemens und griff sich stöhnend an den Kopf. »Wir wissen es nicht«, erklärte der Professor. »Der Arzt ist gleich da.« Anna Goncalveš tätschelte die Hand ihres alten Freundes. »Du wolltest spazieren gehen. Und dann haben dich die Kinder am Flussufer gefunden.«

»Bin ich gestürzt?«, fragte Clemens erstaunt und sah in die Runde. Die Anwesenden zuckten mit den Schultern.

»Wir wissen es nicht«, wiederholte der Professor.

»Mit ein bisschen Glück bist du in ein paar Stunden wieder fit«, schaltete sich nun Daniel Dorin ein. »Und wenn der Arzt nichts dagegen hat, kannst du uns heute Abend auch deine Erfindung vorstellen.«

»Meine Erfindung?«, fragte Clemens verblüfft.

Verwirrt runzelte der Professor die Stirn. »Mein lieber Freund«, sagte er leise, »du hast etwas erfunden, was die Welt verändern kann.« Der Professor versuchte noch ein Lächeln, doch es gelang ihm nicht mehr. Bleiern wie eine schwarze Wolke senkte sich Schweigen über den Sommernachmittag. Die Augen des Erfinders begannen zu flackern, und Schweiß lief ihm über die Stirn. »Ich?«, rief er, »die Welt verändern?«

6. Kapitel

Penelope und ihre Freunde ermitteln

Die Freunde hatten sich in den alten Gartenschuppen hinter dem Haus zurückgezogen. Sie saßen auf Kisten im Kreis und hielten Kriegsrat. Penelope war außer sich vor Aufregung und Enttäuschung. »Clemens hat tatsächlich vergessen, was er erfunden hat«, zischte sie, und ihre Augen sprühten Funken. Der Erfinder war ins Krankenhaus gebracht worden, wo er sich von seiner Gehirnerschütterung erholen sollte. Und von einer »retrograden Amnesie«, wie die Ärzte gesagt hatten. Penelope durchstöberte ihren Schatz an spannenden Worten, aber solch ein schönes hatte sie noch nie gehört. Es klang wie russischer Schnaps. Oder wie der Name einer Jahrmarktbude. Die Ärzte hatten erklärt, dass es eine bestimmte Art von Gedächtnisschwund war.

»Wo ist die Akte?«, murmelte Lars mit leiser Stimme. »Wo ist verflixt noch mal die Akte?« Penelope schrie auf. Die Akte! In all dem Trubel hatten sie das Manuskript völlig vergessen.

»Er trug die Mappe nicht bei sich, als er spazieren ging«, fuhr Lars fort.

»Bist du sicher?«, fragte Sternchen aufgeregt. Aber Jojo schien skeptisch. »Wenn ihr meine Meinung hören wollt, hatte er sie dabei. Dann ist er überfallen worden, bumm, Schlag auf den Kopf und Mappe weg.«

Lars runzelte die Stirn. »Ich hätte schwören können«, murmelte er. Aber ganz sicher war er jetzt nicht mehr.

»Lasst uns rübergehen«, sagte Penelope. »Mal sehen, was der Professor meint.«

Die Erwachsenen saßen auf der Terrasse und tranken Kaffee. Daniel Dorins dunkle Stimme schallte durch den Garten. »Es ist eine Katastrophe«, wetterte er. »Man hat ihm die Mappe abgenommen. Es muss so sein, er hat sie doch nicht eine Minute aus den Augen gelassen.«

»Ich bin mir nicht sicher, ob er sie dabeihatte«, sagte Anna. »Vielleicht sollten wir mit den Kindern sprechen? Sie waren doch auch im Garten, als Clemens sich auf den Weg gemacht hat.«

»Nein«, antwortete der Professor streng. »Die Kinder lassen wir aus dem Spiel. Clemens ist überfallen und vielleicht beraubt worden. Seine Erfindung könnte in den falschen Händen sehr gefährlich sein. Das ist einzig die Sache der Polizei.«

Im Schutz der Hecken zogen sich die Freunde zurück. Als sie wieder im Schuppen waren, machten sie ihrem Unmut Luft. »Unglaublich«, schimpfte Jojo, »die sind an unserer Hilfe kein bisschen interessiert!«

»Obwohl wir die weltbesten Detektive sind«, zischte Penelope wütend. »Und das sollte der Professor seit unserem letzten Fall eigentlich wissen.«

»Also müssen wir ohne die Erwachsenen weiterkommen«, erklärte Sternchen und konzentrierte sich. »Die erste Frage lautet: Was ist Clemens zugestoßen? Um das herauszufinden, müssen wir mit ihm sprechen. Und die zweite Frage ergibt sich aus der ersten: Wer hat die Akte?« Penelope, Lars und Jojo nickten, dann steckten sie ihre Köpfe zusammen. Eine Stunde später öffnete sich die Tür des Schuppens, und die Freunde machten sich auf den Weg nach Hause.

Immer wenn Jojo morgens aufwachte, hörte er das Konzert der Wasserspülungen im Haus. Der Müll-

schlucker im Treppenhaus quietschte, und das Zufallen der Fahrstuhltür riss ihn aus den Träumen. Seine Eltern posaunten durch die Wohnung, rutschten mit den Stühlen und klapperten mit ihren Löffeln in den Kaffeetassen. Heute war das nicht so. Heute war es still. Im ersten Moment wusste er nicht, wo er sich befand. In einem Traum. Im Himmel. Oder in Atlantis. Er rekelte sich zufrieden in seinem Bett, bis ihm einfiel, dass er ja früher dran war als sonst. Er musste sich vor der Schule noch mit den anderen treffen und den Erfinder im Krankenhaus besuchen. In aller Eile machte er seine üblichen fünfzig Liegestützen. Dann sprang er unter die Dusche, jagte sich ein Glas Ovomaltine zwischen die Kiemen, schrieb seinen Eltern einen Zettel und spurtete los.

Als Lars erwachte, zwitscherten nur ein paar Vögel. Eine leichte Morgenbrise strich sanft am Segel des Kutters entlang und ließ es hin und wieder ein wenig knarren. Ansonsten war alles ganz still. Er öffnete ein Bullauge, sog die frische Luft in tiefen Atemzügen ein und warf einen Blick zum Haus seiner Tante hinüber. Die Rollläden waren geschlossen, Sophia schlief also noch. Lars versuchte, sich zu erinnern, warum sein Wecker heute so früh geklingelt hatte. Dann grinste er, sprang in seine Jeans, warf sich ein T-Shirt über und stieg an Deck, kletterte die Strickleiter hinunter und rannte los.

Als Sternchens Wecker klingelte, roch es im ganzen Haus bereits nach Frühstück. Die Familie Lai aß morgens gebratenen Eierreis, und den bereitete Sternchens Mutter manchmal schon um fünf Uhr früh vor. Sternchen rannte ins Badezimmer, putzte sich die Zähne und schlüpfte in ihre Klamotten. Sie startete den Computer und gab im Internet »retrograde Amnesie« ein. Erschrocken starrte sie auf den Bildschirm, dann druckte sie die Seite aus, sprang auf und sauste in die Küche. »Muss heute früher los«, murmelte sie, gab ihrer Mutter einen flüchtigen Kuss und war schon aus der Tür. Schnell schwang sie sich aufs Fahrrad und brauste los.

Penelope brauchte keinen Wecker. Sie wurde immer vor Sonnenaufgang wach und konnte gar nicht verstehen, was andere Menschen an langem Schlaf so gut fanden. Jetzt bummelte sie den Flussweg entlang, sammelte ein paar Steine, balancierte über das Brückengeländer und spuckte ins Wasser. Irgendwann riss sie sich los und rannte schnell zum Krankenhaus.

Dort herrschte so früh am Morgen schon reger Betrieb. Krankenhäuser sind wie Walfischbäuche, dachte Penelope. Obwohl es im Innern doch eigentlich warm und gemütlich ist, will niemand hinein. Penelope atmete den Geruch von Desinfektionsmitteln ein und verzog das Gesicht.

»Ich möchte euch etwas zeigen«, sagte Sternchen und holte die Computerausdrucke aus dem Rucksack. »Retrograde Amnesie. Das ist ein Gedächtnisschwund bei einem Schock oder einem Schlag auf den Kopf. Man vergisst oft nur die Ereignisse der letzten Wochen oder Monate. Die Rückkehr der Erinnerung kann Tage oder aber Jahre dauern.«

»Na toll«, knurrte Penelope und klopfte an die Tür mit der Nummer 224.

Clemens Bernhard lehnte in einem Berg von Kissen, sein Kopf war mit weißen Mullbinden umwickelt. Er lächelte traurig in die Runde, dann wandte er sich an Penelope. »Dein Vater hat mir schon erzählt, was geschehen ist. Ich muss mich sofort mit meinem Institut in Zürich in Verbindung setzen. Vielleicht hat dort jemand mitbekommen, woran ich gearbeitet habe. Vielleicht.«

»Du weißt also überhaupt nicht, was geschehen ist?«, fragte Penelope leise. Stumm schüttelte ihr Onkel den Kopf. »Was ist mit der Polizei?«, fragte Penelope leise.

Clemens stöhnte auf. »Das geht auf gar keinen Fall. Wenn bekannt wird, dass ich mein Gedächtnis verloren habe, bin ich erledigt.«

Als die Freunde wenig später wieder ins Sonnenlicht hinaustraten, schüttelte Jojo enttäuscht den Kopf. »Clemens Bernhard kann uns nicht weiterhelfen«, sagte er. »Ab jetzt ist unsere Detektivarbeit gefragt!«

7. Kapitel

Die Suche nach der Akte

Der Fluss lag still im Schatten der Bäume, und müde rekelten sich ein paar Eidechsen auf den warmen Steinen. »Hier haben wir ihn gefunden«, meinte Jojo und zeigte auf eine Stelle zwischen zwei Bäumen, »gleich da, neben dem Weg.«

Lars nickte und trat vorsichtig näher. Dort, wo Clemens gelegen hatte, war das Moos eingedrückt, und auf dem sandigen Boden fanden sich unzählige Abdrücke von Schuhen. »Das sind wahrscheinlich unsere eigenen«, kombinierte Lars und seufzte.

Gestern hatte niemand von ihnen daran gedacht, dass sie wichtige Spuren verwischen könnten, und jetzt war es natürlich zu spät. Lars sah sich um, aber der Flussweg sah so harmlos aus wie immer. Keine Zigarettenkippe, kein abgerissener Knopf, keine Reifenspur. In Kriminalromanen schien das immer so einfach.

»So sieht das also aus, wenn vier Esel etwas suchen.« Unbemerkt waren Lutz und Andres um die Ecke gebogen. Lutz und Andres waren zwei extrem fiese Kerle, die bekannt waren für ihre Prügeleien und den Ärger, den sie überall machten.

»Verschwindet«, zischte Penelope, und aus ihren Augen schossen glühende Speere.

Lutz zuckte mit den Schultern und grinste. »Es ist schon erstaunlich, was sich am Fluss so alles rumtreibt. Gestern dieser merkwürdige Eierkopf und heute ihr. Der reinste Jahrmarkt.«

»Was sagst du da?«, fragte Lars. »Was für ein Eierkopf?«

»So ein älterer Typ mit Glatze. Der wollte sich irgendwo hinsetzen und auf den Fluss starren.«

»Und weiter?«, fragte Lars aufgeregt.

»Wir haben ihm geraten, sich gleich hier auf die Krumme Linde zu setzen. Und das hat er dann auch gemacht.«

Die Krumme Linde war ein Baum. Aber nicht einfach irgendein Baum, nein, dieser Baum wuchs schief über den Fluss. Auf seinem Stamm konnte man stundenlang sitzen und die Beine baumeln lassen. Oder Wasserbomben in den Fluss springen. Das war ganz normal. Für Penelope und ihre Freunde. Aber Onkel Clemens auf der Krummen Linde?

Penelope verengte ihre Augen zu schmalen Schlitzen und schüttelte den Kopf. »Wie soll er denn da hochgekommen sein?«, fragte sie.

»Mit einem Klimmzug«, antwortete Andres. »War gar nicht übel.«

»Und wo hat er seine Tasche abgestellt?«, fragte Penelope weiter.

»Der hatte keine Tasche«, sagte Lutz.

»Ne«, bestätigte jetzt auch Andres, »eine Tasche hatte der nicht.« Dann schüttelten sie verwundert den Kopf, tippten sich gegen die Stirn und verschwanden.

»Er hatte keine Tasche?«, fragte Sternchen leise und schnappte nach Luft. »Aber wenn er seine Tasche nicht dabeihatte, kann das eigentlich nur bedeuten …«

»Dass er sie nicht mitgenommen hat«, rief Lars aufgeregt. »Die Akte liegt tatsächlich irgendwo im Haus des Professors!«

Nun war das Haus des Professors leider ausgesprochen groß. Es glich einer riesigen alten Schachtel, mit breiten Fluren, knarzenden Treppen und jeder Menge

Türen. Weder Penelope noch ihr Vater wussten, wie viel alter Krempel sich hinter all den Türen verbarg.

Jetzt war das Haus des Professors hell erleuchtet. Penelope hatte die Erwachsenen davon überzeugen können, dass die Akte hier sein musste. Kurzerhand hatten sie beschlossen, das Haus gemeinsam auf den Kopf zu stellen.

Die Suche begann im Zimmer von Clemens Bernhard. Schon nach wenigen Minuten fand Lars die Mappe des Erfinders im Schrank. Doch leider war sie leer. »Das wäre ja auch zu schön gewesen«, brummte der Professor. »Vermutlich hat er die Papiere irgendwo versteckt.«

Nachdem sie das Zimmer von Clemens durchsucht hatten, öffnete der Professor die Tür zu seinem Arbeitszimmer. Berge von Papier stapelten sich vom Boden bis zur Decke. Vor einem alten Kamin kauerte eine ausgestopfte Echse, und an den Wänden drängelten sich hölzerne Skulpturen aus Afrika und Asien.

»Bei allen Sternen der Milchstraße«, murmelte Lars angesichts dieser chaotischen Pracht. Das konnte Tage dauern, bis sie hier durch waren! Sternchen und er machten sich vorsichtig an den Papieren zu schaffen. Anna untersuchte die Schränke, Penelope den Kamin und der Professor seinen Schreibtisch. »Meine Geschichte der jüdischen Kaufmannsfamilie lege ich vorsichtshalber noch einmal in den Kühlschrank. Neben die Butter. Da ist sie wenigstens sicher, und ich finde sie morgen auf Anhieb.« Wenn Sternchen geglaubt hatte, der Professor mache lediglich einen Scherz, hatte sie sich getäuscht. Er griff nach seiner Mappe und brachte sie in die Küche. Sternchen grinste. Das waren Zustände in diesem Haushalt wie im alten China. Nein, wie im alten Rom. Diese Unordnung! Bei ihr zu Hause gab es genaue Vorschriften, wo die Dinge im Zimmer zu stehen hatten. Das brachte positive Energien, hielt böse Geister fern und war für ein gesundes Leben unverzichtbar. Hier wimmelte es wahrscheinlich von toten Seelen und unharmonischen Strömungen. Sie schüttelte sich und nahm sich den nächsten Stapel vor.

Eine Stunde später hatten sie das gesamte Arbeitszimmer durchsucht, aber nichts gefunden. »Jetzt kann das Ding wirklich überall sein«, sagte Anna. »Wir müssen alles absuchen. Bis in den letzten Winkel.« Sie beschlossen, eine Nachtschicht einzulegen. Die Kinder benachrichtigten ihre Eltern, und dann ging es weiter. Sternchen und der Professor suchten im Erdgeschoss, Penelope, Lars und Anna übernahmen den ersten Stock, Daniel und Jojo das Dachgeschoss. Doch sie fanden nicht das Geringste. Es war nahezu Mitternacht, als sie enttäuscht aufgaben.

Leise wünschten sich alle eine gute Nacht, dann stiegen Penelope und ihre Freunde in das Zimmer unter dem Dach. Erschöpft warfen sie sich auf Penelopes riesiges Bett und wickelten sich in die Decken. »Das gibt's doch gar nicht«, murmelte Penelope müde. »Die Akte muss hier sein.«

Auch Lars war überzeugt davon, dass die Akte im Haus war. Sie hatten bei ihrer Suche einen Fehler gemacht, das war so klar wie Kloßbrühe. Gerne hätte er noch mal in Ruhe über den möglichen Irrtum nachgedacht, aber da schnarchte er schon leise vor sich hin.

8. Kapitel

Nächtliches Abenteuer

Mitten in der Nacht wachte Penelope plötzlich auf. Die Vorhänge wehten aus dem offenen Fenster. Groß und rund spiegelte sich der Mond in den Scheiben. Es war vermutlich Vollmond. Sie schloss die Augen und versuchte, wieder einzuschlafen. Leises Schnarchen vermengte sich mit Atemgeräuschen. Sonst war alles still. Sogar der Professor pennt wahrscheinlich schon, dachte sie und sah noch einmal zum Fenster. Jetzt war der Mond tatsächlich untergegangen. Dunkle, rabenschwarze Nacht. Merkwürdig, dachte Penelope. Kein Mond ging mitten in der Nacht unter! Mit einem Schlag war sie wach und setzte sich kerzengerade hin. »Ich fress 'nen Staubsauger«, murmelte sie, schälte sich aus ihrer Decke und pirschte ans Fenster. Schwarz und einsam lag die Steppe vor ihr. Weit und breit war nichts zu sehen. Da zuckte plötzlich ein Lichtstrahl auf. Er kam aus dem Nichts, wanderte über das Feld und blieb am Haus hängen. Unruhig rutschte er über die Fassade, beleuchtete die Zimmer und war so schnell verschwunden, wie er gekommen war. Ein paar Sekunden lang war alles still. Dann hörte Penelope das Quietschen der Haustür. Jemand trat aus dem Haus und eilte die Auffahrt hinunter. Penelope zögerte keine Sekunde. Barfuß und im T-Shirt jagte sie die Treppe hinab und zur Tür hinaus. Vor ihr lag die Steppe wie ein großes, schwarzes Meer. Da flammte der Lichtstrahl erneut auf. Penelope ließ sich flach auf den Boden fallen. Als es wieder dunkel wurde, schlich sie weiter. Plötzlich vernahm sie leises Motorengeräusch, und dann war es klar: Ein Auto fuhr langsam durch die Steppe und jagte Scheinwerferblitze über die Ebe-

ne. Nun hielt es an. Ein Schatten löste sich aus dem Gebüsch, trat an das Fenster und sprach mit dem Fahrer. »Das war so nicht ausgemacht. Lassen Sie mich in Ruhe!« Penelope gefror das Blut in den Adern. Es war Daniel Dorin! Im Schutz der Sträucher pirschte sie sich näher heran.

»Überlegen Sie gut, ob Sie sich Ärger mit uns leisten können«, schnarrte eine eiskalte Stimme aus dem Wageninneren. »Oder zahlen Sie das Geld zurück!«

»Ich werde das Geld nicht zurückzahlen«, zischte Daniel. Sofort schnellte eine Hand aus dem Fenster. Sie packte Daniel am Kragen und zog ihn fast ins Auto hinein. Penelope schrie auf. »Was war das?«, schnarrte die Stimme. Daniel Dorin bekam einen heftigen Stoß, die Scheibe fuhr surrend nach oben, und mit lautem Geheul jagte das Auto davon. Langsam rappelte sich Daniel auf und taumelte zum Haus zurück.

Zitternd hockte Penelope zwischen den Sträuchern. Sie kniff sich in den Arm, um sicherzugehen, dass sie nicht träumte. »Verflixte Lulle«, murmelte sie durch die zusammengebissenen Zähne. Dann humpelte auch sie zum Haus zurück.

Wenige Minuten später saß sie mit weit aufgerissenen Augen auf dem Bett und malte ihr Abenteuer in buntesten Farben aus. Jojo verarztete ihre aufgeschürften Füße mit Mineralwasser, Sternchen war ganz still, und Lars schritt aufgeregt durchs Zimmer. »Dieses mysteriöse Treffen hat was mit der Erfindung zu tun, da bin ich mir sicher.« Er wandte sich an Sternchen. »Schalt deinen Denkcomputer ein. Wir müssen die Akte finden, bevor Daniel oder sonst jemand das tut.«

Hilflos schüttelte Sternchen den Kopf. Sie hatte jeden Winkel vor Augen, den sie durchsucht hatten. Als Versteck kamen aus ihrer Sicht eigentlich nur das Arbeitszimmer oder Clemens' Gästezimmer infrage. Und beide Räume hatten sie komplett auf den Kopf gestellt. Ihnen war sicher nichts entgangen. Oder doch? Einen Moment lang hatte sie sich ablenken lassen, sich über das Chaos des Professors gewundert. Sternchen schrie leise auf und rutschte vom Bett. »Schnell«, zischte sie. »Ich glaube, ich weiß, wo die Akte ist.«

Vorsichtig öffnete sie die Tür und schlich die Stufen hinunter bis in die Küche. Dort öffnete sie den Kühlschrank. Zwischen der Butter und der Marmelade lag die Mappe des Professors.

»Ja und?«, sagte Penelope. »Das ist der Roman

meines Vaters. Die Geschichte der jüdischen Kaufmannsfamilie.«

»Es ist das Einzige aus eurem Haushalt, das niemand untersucht hat«, flüsterte Sternchen. »Der Professor hat seinen Roman aus dem Arbeitszimmer in die Küche gebracht und dort in den Kühlschrank gelegt.« Es war plötzlich ganz still. Mit zitternden Fingern griff Sternchen nach der Mappe und öffnete sie. »Nichts. Nur das Blabla des Professors.« Doch dann blickte sie erstaunt auf. Mit Schwung zog sie die letzten Seiten hervor. Sie waren nicht so sauber getippt wie die restlichen. Und sie erzählten keine Familiengeschichte. Sie waren voll von mathematischen Formeln und Zeichnungen, und ganz oben stand in zierlicher Schrift der Name des Verfassers: Clemens Bernhard.

9. Kapitel

Die geheimnisvolle Erfindung

»Ist da jemand?« Im ersten Stock ging das Licht an. »Daniel Dorin«, zischte Lars. Penelope warf den Roman zurück in den Kühlschrank. Die Akte des Erfinders stopfte sie unter ihr T-Shirt. »Raus, über die Terrasse, zum Kutter«, flüsterte Jojo. Er hechtete ins Wohnzimmer, stürzte zur Terrassentür und legte den schweren Hebel um. Mit einem kleinen Seufzen gab die Tür nach, die Freunde zwängten sich nach draußen, jagten über die feuchte Wiese hinunter zum Fluss und ließen sich keuchend ins Gras fallen. Am Ufer quakten ein paar Frösche, Glühwürmchen schwirrten funzelnd durchs Gebüsch. Irgendwo knackten Äste. »Wir sollten weiter«, murmelte Jojo. Penelope stöhnte. »Ich kann nicht mehr, meine Füße!« Und alles nur wegen einer blöden Erfindung.

Sie rafften sich auf und machten sich auf den Weg zum Kutter. Gespenstisch still lag der Flussweg vor ihnen, leise fuhr der Wind durch die Baumwipfel, und große Schatten zuckten im Mondlicht. Und wieder knackten irgendwo Äste. Endlich erreichten sie die Brombeerhecke von Tante Sophias Garten. Auf der mondhellen Lichtung lag der Kutter wie ein schlafendes Walross. Sie kletterten an Bord, zogen die Strickleiter hoch und stiegen in die Kajüte. Jojo schloss die Luke und ließ das Sicherheitsschloss einrasten. »Ich werde das Gefühl nicht los, dass uns jemand gefolgt ist«, murmelte er. Lars und Sternchen nickten besorgt. Währenddessen holte Penelope die Akte unter ihrem T-Shirt hervor und versteckte sie hinter ein paar Büchern. Lars robbte in seine Koje, und die Freunde warfen sich auf die Polster.

»Gleich morgen früh bringen wir Onkel Clemens die Erfindung«, murmelte Penelope. »Mann, wird der Augen machen.« Dann war sie auch schon eingeschlafen.

Als Penelope am nächsten Morgen erwachte, ging gerade die Sonne auf. Sie kletterte aus dem Kutter und lief nach Hause. Dort zog sie sich an, packte die Klamotten ihrer Freunde ein, schrieb ihrem Vater einen Zettel und verschwand wieder, bevor jemand etwas bemerkte. Wieder am Kutter angekommen, weckte sie die anderen.

Irgendwo klingelte ein Handy. »Es ist der Professor«, rief Lars und reichte sein Telefon an Penelope weiter. »Wie bitte?«, murmelte sie in den Hörer. »Du und Clemens seid nach Zürich unterwegs? Was wollt ihr denn da?« Sie hörte noch eine Weile zu, dann schüttelte sie den Kopf. »Nein«, rief sie, »das ist nicht mehr nötig. Wir haben die Akte.« Dann murmelte sie noch ein paarmal »ja« oder »in Ordnung« und beendete das Gespräch. »Der Professor und Clemens kommen so schnell wie möglich zurück. Die Akte sollen wir Daniel und Anna geben.« Penelope schüttelte traurig den Kopf. »Wenn die wüssten«, murmelte sie. »Wir behalten die Unterlagen bei uns. Da sind sie sicher.«

Jojo und Lars wechselten einen besorgten Blick. Gestern Nacht hatten Äste im Gebüsch geknackt, vielleicht waren sie verfolgt worden. Lars verscheuchte die unangenehmen Gedanken und sprang auf. »Jetzt aber erst mal Frühstück«, entschied er und balancierte einen Berg Brötchen, Cornflakes, Milch und Nutella aus der Kombüse. Die Freunde stiegen an Deck, ließen sich auf dem warmen Holz nieder und machten sich über die Köstlichkeiten her.

»Wollen wir nicht wenigstens einen klitzekleinen Blick auf die Papiere werfen?«, fragte Penelope. Sie guckte so treuherzig wie ein junger Hund, und neugierig waren sie eigentlich alle. Also holte Lars die Papiere und breitete sie vorsichtig an Deck aus. Mit gerunzelten Stirnen und rauchenden Köpfen beugten sich die Freunde über die Akte. In der Hoffnung, zu erkennen, was Clemens erfunden hatte. Aber das war schwieriger als vermutet. Da gab es ellenlange Zahlen und Formeln. Und ein paar Zeichnungen, aber die sahen merkwürdig aus. Wie Handys, dachte Penelope. Oder kleine Wolkenkratzer. Mit Display unter dem Dach. Vielleicht aber auch wie Turnschuhe. Quadratische Turnschuhe. Wie Clemens damit allerdings die Welt verändern wollte, war ihr schleierhaft.

»Wie wär's mal langsam mit Schule?«, fragte Sternchen. Am Nachmittag sollte die Schulparty stattfinden, und der Vormittag stand ganz im Zeichen der Vorbereitungen.

»Ich werde Samba tanzen«, freute sich Penelope.

»Und ich werde die Papiere an mich nehmen«, entschied Jojo. Er stopfte die Akte unter sein T-Shirt und schnallte sie mit dem Gürtel um seinen Bauch. Dann kletterten sie von Bord und machten sich auf den Weg zur Schule.

Als die Freunde das Schulhaus betraten, war dort bereits der Teufel los. Schüler schleppten Girlanden, Tische und Stühle in den Garten, in den Klassenzimmern wurden Dekorationen vorbereitet, überall dudelte fremd anmutende Musik. »Schön, dass ihr da seid«, begrüßte Frau Sanders sie. Sie stand mit einem gut aussehenden Mann im Flur. »Darf ich vorstellen? Das ist mein Lebensgefährte. Just Parker. Lehrer für Mathe und Physik.« Mathe und Physik. Penelope spürte ein Kribbeln im Bauch. Sie glaubte an Zufälle. Zufälle waren so selten wie Pinguine im Hallenbad. Man musste sie ernst nehmen. Die Zufälle. Pinguine natürlich auch. Aber das war eine andere Sache. Penelope gab sich einen Ruck. »Herr Parker, niemand versteht so viel von Formeln wie ein Physiklehrer.«

Just Parker lachte. »Nun ja«, sagte er, »das ist wohl so.«

»Möglicherweise könnten Sie mir einen Gefallen tun«, erklärte Penelope mit zuckersüßer Stimme und wartete, ob Herr Parker nickte. Er tat es. »Mein Vater hat da so eine komische Erfindung geerbt«, fuhr sie fort. »Und er weiß nicht, worum es dabei geht. Vielleicht könnten Sie ja …?« Penelope beachtete das erstaunte Gesicht von Herrn Parker und die entsetzten Blicke ihrer Freunde gar nicht und bedeutete Jojo, die Akte herauszugeben. Der rollte verzweifelt mit den Augen, doch dann nestelte er die Papiere hervor. »Sie dürfen aber niemandem davon erzählen. Mein Vater möchte das Patent darauf anmelden. Und es ist doch das Einzige, was ihm von seinem Onkel geblieben ist.«

Sternchen schüttelte betreten den Kopf. Eines Tages würde Penelope an ihren Schummeleien ersticken. Doch Herr Parker nickte nur, dann überflog er die Papiere. Schnell und systematisch. »Ich verstehe leider nicht einmal die Hälfte«, sagte er nach einer

Weile. »Aber allem Anschein nach handelt es sich bei dieser Erfindung um ein Handy. Das Handy nimmt die Stimmen der Anrufer auf und verwandelt sie in Kurven. Hüllkurven nennt man so etwas. Das ist im Prinzip nichts Neues. Jede Radiostation hat Computer, die das können. Dieses Handy allerdings«, erklärte Just Parker, »legt die Stimmkurven übereinander und vergleicht sie. Wozu das gut sein soll, weiß ich aber nicht.« Verlegen kratzte er sich am Kopf.

»Vielleicht kann das Handy den Anrufer erkennen?«, überlegte Lars laut. Just Parker lächelte. »Ja, die Stimmkurve ist wie ein persönlicher Fingerabdruck. Aber den Anrufer erkennt man normalerweise selbst. Das macht wenig Sinn.« Mit bedauerndem Lächeln wandte er sich an Penelope und gab ihr die Papiere zurück. »Es tut mir leid, dass ich dir nicht mehr sagen kann. Schönen Gruß an deinen Vater.« Dann schenkte er allen ein umwerfendes Lächeln und schlenderte mit Frau Sanders am Arm in den Garten.

10. Kapitel
Auf dem Schulfest

Am Nachmittag hatte sich der Garten der Schule in eine höchst abenteuerliche Welt verwandelt. Am Schultor hing die Flagge der Türkei. Der große Nussbaum war zum Mittelpunkt von Spanien geworden. Dort konnte man sich an einer Lotterie beteiligen, bunte Preise stapelten sich um den Baum, und Losverkäufer liefen auf dem ganzen Schulgelände herum. Im hinteren Teil des Gartens hatte Tibet ein Zelt aufgebaut und lud zu Buttertee ein. Nebenan grillte Argentinien saftige Steaks, und die USA verkauften vor einer gemalten Disneyland-Kulisse Hamburger. Griechenland gab Sprachunterricht. »Lernt Schimpfwörter« stand auf einem Plakat, und Penelope beschloss augenblicklich, ihren Wortschatz heute noch international aufzuwerten. Wenn sie Zeit finden würde. Denn sie selbst gab Samba-Stunden. Auf einem kleinen Platz in der Mitte des Gartens.

Und schließlich war da noch China. China versprach der Renner des Abends zu werden. Im hintersten Eck des Gartens stand ein spitzes, schwarzes Zelt, über dessen Eingang Schriftzeichen an einer Wäscheleine tanzten. Rings um das Zelt hingen feurig rote Lampions. Im Zelt würde Sternchen im beißenden Duft vieler Räucherstäbchen sitzen und in die Zukunft sehen. »I Ging« hieß diese Art von Horoskop. Man brauchte dafür nur drei Geldstücke und das schlaue Buch, aus dem die Familie Lai schon seit Hunderten von Jahren ihre Weisheiten bezog.

Im Moment waren die Freunde damit beschäftigt, Sternchens Arbeitsplatz zu dekorieren. Jojo spannte ein schwarzes Tuch über den Tisch, stellte Teelichter darauf und hängte einen Drachenlampion darüber. Penelope steckte Räucherkerzen in die Erde. Lars schleppte den Stuhl für Sternchen herein. Einen alten Sessel, den er im Lehrerzimmer entdeckt hatte.

»Die Erfindung sollten wir hier im Zelt deponieren«, sagte Jojo. Er öffnete eine kleine Holzkiste, in der jede Menge alter Papierrollen lagen, schob die Akte ganz nach unten und schloss die Kiste. »Irgendwie ärgert es mich schon, dass wir immer noch nicht genau wissen, was der liebe Onkel erfunden hat«, murmelte Lars.

»Warum fragen wir nicht einfach das chinesische Horoskop?« Penelope hatte das nicht wirklich ernst gemeint, aber Sternchen sprang begeistert auf. »Na klar!« Und unter den verblüfften Blicken ihrer Freunde winkte sie Penelope zu sich an den Tisch. »Du musst eine Frage stellen, und dann die Geldstücke sechsmal werfen. Aus der Kombination ergibt sich ein Zeichen, das ich deuten kann.«

Lars verdrehte die Augen. »Das ist doch nicht euer Ernst, oder?«

Doch Sternchen nickte nur. »Was hat Clemens erfunden?«, fragte Penelope und nahm die Münzen in die Hand.

»Nein, nicht so«, unterbrach Sternchen. »Ich bin doch keine Hellseherin. Du kannst das I Ging nur fragen, wie du handeln sollst.«

»Okay«, versuchte Penelope es noch einmal. »Was müssen wir tun, um herauszufinden, was Clemens erfunden hat?« Sternchen nickte, und Penelope warf die Münzen. Sechsmal hintereinander. Sternchen war jetzt

völlig konzentriert. In Windeseile malte sie lange und kurze Striche auf ein Papier. Nach dem sechsten Wurf nickte sie und betrachtete ihr Muster. »Du hast ›das Übergewicht des Kleinen‹ geworfen«, erklärte sie leise und schlug dann ihr Buch auf. »Das, was scheinbar wenig bedeutsam ist, wird jetzt wichtig. Widme dich den alltäglichen Dingen.« Zufrieden schlug sie den Wälzer wieder zu.

»Das ist die ganze Antwort?« Penelope schien enttäuscht.

Aber Lars sprang auf. »Gar nicht so dumm«, rief er. »Widme dich den alltäglichen Dingen. Hmm. Die Erfindung dreht sich um Handys. Also sind die alltäglichen Dinge die Telefonate. Penelope, kannst du dich an Telefonate mit Clemens erinnern? Vielleicht gab es da in letzter Zeit irgendetwas Merkwürdiges?«

Penelope lachte schallend. »Nein. Er amüsierte sich immer herrlich, wenn er anrief und ich gerade Hausaufgaben machte. Wir haben ein paar Worte gewechselt, und dann habe ich ihn an den Professor weitergegeben.« Sie schüttelte den Kopf und öffnete die Zeltplane am Eingang. »Nein, nichts Außergewöhnliches. Ich muss euch enttäuschen. Aber das I Ging finde ich lustig.«

»Seit wann machst du Hausaufgaben?«, fragte Lars, und die Freunde lachten.

»Sie lügt einfach wie gedruckt«, sagte Sternchen. Penelope zog einen Schmollmund und verschwand zwischen den Zeltplanen. Lars machte sich ebenfalls auf die Socken, im Garten begann der Trubel, und das wollte er sich auf gar keinen Fall entgehen lassen. Nur Jojo blieb bei Sternchen. Sie war jetzt im Besitz der Akte, und er würde das Zelt heute nicht mehr aus den Augen lassen. Frau Lai brachte Körbe voll Frühlingsrollen und Thermoskannen mit grünem Tee. »Seht mal, was ich hier habe«, rief Frau Lai und zeigte auf ein großes, bauchiges Glas, in dem ein Goldfisch schwamm. »Heiliger Klabautermann, ist das der Nachtisch?«, fragte Jojo.

Frau Lai lachte und stellte das Glas auf Sternchens Arbeitstisch. »Nein. Goldfische sind Glücksbringer. Außerdem sehen sie gut aus.« Das fand Jojo zwar nicht, aber er wagte keinen Widerspruch. Dann wünschte Frau Lai ihrer Tochter viel Erfolg und verschwand.

Lars ließ sich von der Menge treiben. Die Schüler waren bereits alle da, und nun trudelten auch die Eltern und Freunde ein, bestaunten den Garten und die prächtigen Stände. »Gaiduri! Esel!«, rief das Mädchen, das griechische Schimpfwörter unterrichtete. »Gaiduri«, wiederholten die Umsitzenden. »Ilithie! Idiot!«, rief das Mädchen. »Ilithie«, wiederholte die Gruppe im Chor. In der Menge entdeckte Lars auch seine Tante.

»Wenn du in Zukunft auf Griechisch schimpfen würdest, hätte das den Vorteil, dass ich dich nicht mehr verstehe«, feixte er und erntete tatsächlich ein Lächeln. Lars grinste, verabschiedete sich und schlenderte zu dem Stand mit den Hamburgern. Er kramte in seiner Hosentasche nach Geld und stellte sich in die Schlange. Vor ihm standen ein Mann und eine Frau und unterhielten sich leise. »Die Kinder sind in dem chinesischen Zelt«, sagte der Mann gerade. Lars glaubte seinen Ohren nicht zu trauen. Instinktiv trat er zwei Schritte zurück und drückte sich gegen die Kulisse von Disneyland. »Ja, und ich bin mir fast sicher, dass sie die Papiere haben«, erwiderte die Frau.

Lars bekam vor Schreck fast keine Luft mehr. Was sollte er tun? Er musste das Pärchen unter allen Umständen im Auge behalten. Die beiden bissen in ihre Hamburger und mischten sich unters Volk. Lars heftete sich an ihre Fersen und folgte ihnen. Sie schlenderten am Nussbaum vorbei, doch plötzlich blieben sie stehen und drehten sich um. Schnell sprang Lars hinter den Baum, aber dort lagen die spanischen Lotteriepreise. Er trat auf ein Skateboard und knallte mit dem Kopf gegen eine Bronzestatue. Es wurde schwarz vor seinen Augen. Das Pärchen hielt einen Moment irritiert inne, dann schlenderte es weiter. Quer durch den Garten. Und direkt auf das chinesische Zelt zu.

11. Kapitel

Aufregung im chinesischen Zelt

Penelope wiegte sich in der Mitte des Gartens rhythmisch zu brasilianischen Sambaklängen. Die Musik stoppte, die Umstehenden applaudierten, und Penelope beschloss, eine Pause zu machen. Vielleicht würde sie Sternchen besuchen oder eine Köstlichkeit essen. Natürlich konnte sie auch Schimpfwörter lernen. Und Buttertee wollte sie auch probieren. Am besten war wohl, sie machte eine sehr lange Pause. So lang, dass der ganze Nachmittag voll war mit Pause.

Zufrieden mit sich und ihrer Idee stellte sie den CD-Spieler aus und zuckte zusammen. Vor ihr standen Anna und Daniel. »Freust du dich, uns zu sehen?«, fragte Daniel. Penelope zitterte vor Wut. Das wagte dieser blöde Kerl noch zu fragen? Sie spuckte auf den Boden und packte Anna am Arm. »Daniel trifft sich nachts mit schrägen Typen. Aber jetzt haben wir die Akte, und sie ist in Sicherheit.« Kaum hatte sie das gesagt, biss sie sich auch schon auf die Lippe. Aber es war zu spät.

»Ihr habt die Akte?«, rief Daniel. »Dann sind die zwei schrägen Vögel auch nicht weit. Um Gottes willen, die sind gefährlich. Wo sind die Papiere?«

Penelope verstand die Welt nicht mehr. Daniel machte sich anscheinend tatsächlich Sorgen. Aber wie konnte das sein? Hilflos ruderte sie mit den Armen. »Im chinesischen Zelt«, murmelte sie.

»Ja, seid ihr denn komplett verrückt? Die ganze Welt interessiert sich für diese Erfindung, und ihr spielt damit Räuber und Gendarm! Wir schalten jetzt die Polizei ein, die soll die Akte an sich nehmen.«

Penelope konnte ihr Erstaunen nicht verbergen. Wenn Daniel tatsächlich ein Verbrecher war, dann war er jedenfalls der erste, der selbst die Polizei holte. Doch er griff wirklich nach seinem Handy und ließ sich mit dem örtlichen Polizeirevier verbinden. »Ich muss sofort einen Verantwortlichen sprechen«, bellte er ins Telefon, doch anscheinend war das nicht so einfach um diese Zeit. »Egal, wie lange das dauert«, brüllte Daniel, »ich bleibe am Apparat!«

Eine Welle von Erleichterung durchflutete Penelope. Daniel war kein Schurke, und er schaltete gerade die Polizei ein! Diese Neuigkeit duldete keinen Aufschub, das musste sie sofort Sternchen und Jojo erzählen.

Aber als Penelope zum chinesischen Zelt kam, war alles still. Das große Plakat über dem Zelteingang war heruntergerissen und umgedreht. »Für heute geschlossen« stand in großen Lettern auf der Pappe. »Merkwürdig«, murmelte Penelope. Sie hatte gedacht, das lustige I Ging würde der Renner des Abends.

»Nein!«, rief da plötzlich Sternchen aus dem Innern des Zeltes. Dann war es ruhig, eine unheilvolle, schreckliche Ruhe. »Um Gottes willen«, murmelte Penelope. Sie warf sich flach auf den Boden, robbte zum Zelt, hob die Plane und sah vorsichtig untendurch. Direkt vor ihren Augen stand ein riesiges Paar Schuhe.

»Ihr werdet uns jetzt sagen, wo ihr die Erfindung habt, oder eure Zukunft wird ganz düster aussehen«, sagte eine gefährlich schnarrende Stimme. Penelope erkannte die Stimme auf Anhieb: Es war der Mann aus dem Auto! Sie musste Sternchen und Jojo helfen, aber wie? Auf alle Fälle brauchte sie Verstärkung, und zwar schnell. Vorsichtig ließ sie die Zeltplane wieder herunter, atmete tief durch und lief los. Am tibetischen Stand herrschte Gejohle. Der Buttertee schmeckte grausig, und das hatte sich herumgesprochen. Alle versuchten, wenigstens einen klitzekleinen Schluck abzubekommen. »Kommt sofort zum chinesischen Zelt, ein Überfall auf Sternchen«, raunte Penelope schnell möglichst vielen Mitschülern zu und jagte auch schon weiter durch die Menge. Anna und Daniel waren nirgends zu sehen, vermutlich warteten sie draußen auf das Eintreffen der Polizei. Doch bis die kam, konnte es zu spät sein! »Zum chinesischen Zelt, schnell«, zischte Penelope allen ins Ohr, die sie kannte. Fünf Minuten später war die Wiese rund um das Zelt voll mit Kindern. Schweigenden Kindern. Denn Penelope hatte jedem, der auch nur einen Pieps sagen würde, angedroht, die Zunge abzuschneiden. »Wir müssen das Zelt stürmen«, erklärte sie jetzt flüsternd. »Attacke auf mein Kommando.« Raunend ging diese Ansage von Mund zu Mund, während die ersten Schüler sich bereits an den Händen fassten und schweigend einen Ring bildeten.

Im Zelt wurde es ungemütlich. »Die Akte«, brüllte der Typ mit der unangenehmen Stimme. »Ich will sofort die Papiere des Erfinders.«

»Sie bekommen sie ja«, sagte Sternchen gerade. In dem Moment brüllte eine Stimme »Attacke!«. Das Zelt krachte in sich zusammen, als würde es von einem Taifun durch die Luft geschleudert und von Elefanten zertrampelt. Die Stangen knickten wie Strohhalme, die Planen flogen in alle Richtungen, und Dutzende von Kindern brachen herein. Die zwei Ganoven sprangen auf und versuchten, sich in Sicherheit zu bringen. Jojo warf sich brüllend auf die Frau, während Lutz und Andres den Mann festhielten.

Von draußen war jetzt eine Polizeisirene zu hören. Und da war auch schon ihr alter Freund, der Kommissar. »Dürfte ich vielleicht erfahren, worum es hier geht?«, fragte er mit lauter Stimme.

»Der berühmte Erfinder Clemens Bernhard ist mein Patenonkel«, erklärte Penelope stolz, und ein aufgeregtes Raunen und Wispern ging durch die Menge.

»Er hat seine Erfindung verloren, und diese zwei widerlichen Schweinetreiber«, jetzt zeigte Penelope auf die beiden Ganoven, »haben versucht, an die Akte zu kommen. Weil sie nämlich noch nicht patentiert ist, die Erfindung meine ich.«

Der Kommissar nickte, seine Handschellen schnappten um die Handgelenke der beiden Gauner. »Nun haben wir sie. Eine Nacht dürfen sie garantiert in unserem Präsidium verbringen.« Dann stutzte er und sah Penelope an. »Und wo ist diese sagenhafte Erfindung jetzt? Ist sie in Sicherheit?« Penelope strahlte übers ganze Gesicht und zeigte auf die Holzkiste. »Hier, bitte«, sagte sie und öffnete den Deckel der Kiste. Im gleichen Moment schlug ein Stück Zeltplane gegen das Goldfischglas auf dem Tisch. Und fegte es einfach herunter. Der Fisch guckte noch ein wenig erstaunt, dann klatschte das Glas ausgerechnet in die Holzkiste. Dort zersprang es in tausend Stücke.

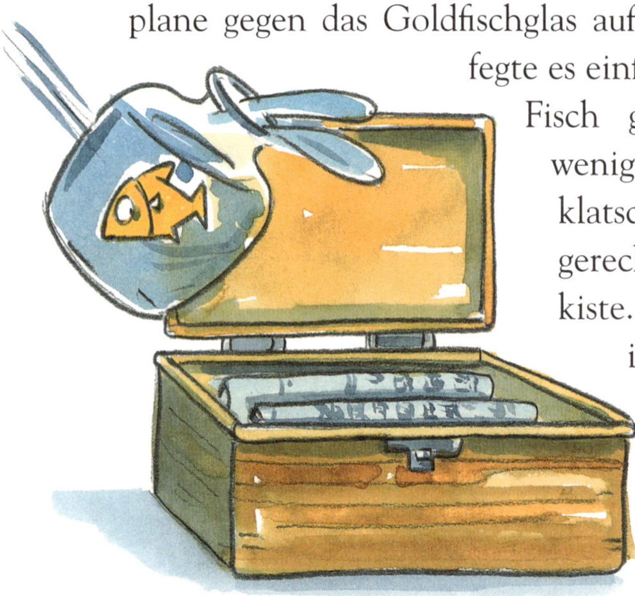

12. Kapitel

Das Geheimnis wird gelüftet

Es war früh am Morgen. Die Freunde saßen auf der Krummen Linde, ließen die Beine baumeln und schwiegen vor sich hin. »Wir waren so nah dran«, seufzte Lars.

Jojo zog die Stirn kraus. »Von wegen Glücksbringer. Blöder Goldfisch.«

Das Wasser hatte die Papiere des Erfinders durchweicht, und die Tinte war verlaufen. Ein paar verschmierte Zahlen waren noch übrig, aber das war auch alles.

Penelope stöhnte. »Clemens ist fix und fertig.« Alle schwiegen betreten.

»Eine Chance gibt es noch«, sagte Sternchen. »Wir haben die Akte gelesen. Wir sind die Einzigen, die sie kennen.«

Lars starrte sie an. »Und du denkst, wir setzen uns jetzt hin und malen die Formeln aus dem Gedächtnis nach, oder was?«

Sternchen zuckte mit den Schultern. »Wir müssen nur erkennen, was er erfunden hat, das ist alles.«

»Verflixte Lulle, das schaffen wir nie«, seufzte Penelope. Sie dachte an die tausend Zahlen und verrückten Zeichnungen.

»Außerdem haben wir jetzt erst einmal einen Termin bei der Polizei«, sagte Jojo und rutschte vom Baum.

Im Polizeipräsidium nahm der Kommissar die Aussage der Kinder zu Protokoll, dann die der Ganoven. Mit Spannung lauschten die Freunde dem kriminellen Pärchen. Die beiden hießen Fred Foster und Tina Tüte und waren Inhaber eines Detektivbüros. Eines Tages hatten die beiden Detektive den Auftrag bekommen, Clemens Bernhard auszuspionieren. Eine Handyfirma wollte unbedingt wissen, um was es sich bei der Erfindung handelte. Die Detektive beschatteten Clemens Tag und Nacht, verfolgten und belauschten ihn. Bis sie eines Abends vor dem Fenster der Bibliothek standen und hörten, dass seine Erfindung noch gar nicht patentiert war.

»Und da ist euch der Gedanke gekommen, die Erfindung zu klauen und auf euren eigenen Namen anzumelden?« Der Kommissar schüttelte betrübt den Kopf und hieb dann mit der Faust auf den Tisch, dass die Stifte nur so flogen. »Und der Überfall auf Clemens Bernhard am Fluss, geht der auch auf euer Konto?«, fragte er, und seine Stimme war jetzt gefährlich leise.

Aufgeregt rutschte Penelope auf ihrem Stuhl hin und her und wagte kaum zu atmen, aus Angst, etwas zu überhören. Die Frau wurde nervös. »Wir wollten ihm nichts tun. Er ist ausgerutscht und plötzlich lag er da.«

»Menschenskinder«, brüllte der Kommissar, »dafür geht ihr hinter Gitter, ihr Schmalspurganoven.« Penelope guckte zufrieden. Schmalspurganoven. Das war gut. Außerdem sah der Polizist richtig klasse aus, wenn er sauer war. Penelope strahlte. Alles in allem war diese Veranstaltung hier ganz nach ihrem Geschmack.

»So«, raunzte der Kommissar und richtete sich zu voller Größe auf. »Und wenn Sie jetzt noch die Güte hätten, mir zu erklären, welche Rolle Daniel Dorin in dieser Geschichte spielt!« Der Typ zuckte gelangweilt mit den Schultern. »Wir haben so getan, als wären wir Journalisten, und ihm Geld geboten. Dafür sollte er uns von dem Treffen der Freunde berichten. Das Geld hat er genommen, aber erzählt hat er nichts.«

Der Kommissar nickte und kam zum Ende. »Es ist nur schade, dass solche Windbeutel wie ihr schuld daran seid, dass Clemens Bernhard zuerst sein Gedächtnis und dann auch noch seine Erfindung verloren hat.« Traurig schüttelte er den Kopf, dann ließ er die Typen abführen.

Die Freunde traten aus der kühlen Dunkelheit des Präsidiums in den heißen Sommertag hinaus und prallten prompt auf Tante Sophia. Sie glühte förmlich vor Neugier. Als hätte sie eine Virusgrippe. Oder einen Fieberschub. »Ich möchte jede Einzelheit hören«, erklärte sie. »Warum kommt ihr nicht später alle zu mir? Wir könnten grillen. Der Professor und seine Freunde haben sicher eine kleine Aufmunterung nötig.«

»Cool«, sagte Penelope, und damit war die Sache abgemacht. Langsam schlenderten die vier Freunde zum Kutter. Ruhig und ausgestorben lagen die Straßen in der glühenden Sommerhitze, und die Stadt hielt Mittagsschlaf. Natürlich, es war Wochenende. Und an Wochenenden war es immer so. Still und unwirklich. Genau wie in einem Western, dachte Penelope. Dodge City oder Kansas Town. Wenn dort etwas Spannendes passierte, war auch nie jemand auf der Straße.

Als sie zum Kutter kamen, stand die Sonne hoch am Himmel. Das Segel knatterte leise im Wind und warf kühlen Schatten. Lars setzte sich auf die Reling, ließ die Beine baumeln und dachte nach. Wie funktionierte nur dieses Handy? Und warum sollten ein paar olle Hüllkurven die ganze Welt verändern können? Aus der Ferne hörte er, wie Sophia den Tisch deckte, und jetzt zog der Geruch von Holzkohle herüber. Ei-

gentlich hätte er seiner Tante zur Hand gehen sollen, aber dies war nicht der richtige Zeitpunkt. Vielleicht konnte Penelope ihr helfen. Nur ausnahmsweise und natürlich mit Gegenleistung. Einmal Hausaufgaben machen oder so. Lars grinste. Nein, das war dumm. Penelope machte nie Hausaufgaben. Kein Mensch wusste, wie sie damit durchkam, aber so war es nun einmal.

Lars schlenderte langsam übers Deck bis zum Bug des Kahns. Dort lehnte er sich an die Gallionsfigur, schloss die Augen und dachte nach. Clemens entwickelte also ein neues Handy. Er musste es ausprobieren, um zu sehen, wie es funktionierte. Also rief er damit vermutlich seine Freunde an. Wenn Clemens mit Penelope telefonierte, saß sie über ihren Hausaufgaben. Lars stutzte. Welchen Hausaufgaben? Das war komplett unmöglich. Lars war jetzt wie elektrisiert, ein inneres Gefühl sagte ihm, dass er auf der richtigen Spur war. Penelope machte keine Hausaufgaben. Und wenn sie das behauptete, dann log sie. »Sie lügt einfach wie gedruckt«, hatte Sternchen gemeint. Wie gedruckt. Der Fingerabdruck!

»Ich habe die Lösung«, schrie Lars aufgeregt. Sofort tauchten Penelope, Sternchen und Jojo aus der

Kajüte auf. Lars packte Penelope bei den Schultern. »Wie hat Clemens reagiert, wenn du ihm am Telefon erzählt hast, dass du Hausaufgaben machst?«

»Er hat gelacht«, antwortete Penelope.

»Hast du denn die Wahrheit gesagt?«, fragte Lars weiter, und Penelope schüttelte den Kopf. »Nein, natürlich nicht. Ich mache nie Hausaufgaben.«

»Eben«, sagte Lars leise. »Genau das ist es.« Penelope riss die Augen auf. »Mein Onkel hat gelacht, weil er wusste, dass ich schummle?«

Lars nickte. »Er wusste es. Weil sein Handy jede noch so kleine Lüge anzeigte. Das war nämlich die Erfindung, die die Welt verändern sollte: Handys mit Lügendetektoren!«

13. Kapitel

Schummeleien, Ausreden und andere Lügen

Erschöpft, aber glücklich saß der Erfinder auf der Terrasse von Tante Sophia. Die Tische bogen sich unter den Köstlichkeiten. Es gab bunte Salate, Maiskolben und dicke Scheiben Weißbrot. Auf einem großen Rost brutzelten saftige Fleischstücke.

Freudestrahlend hatten die Kinder die Erfindung präsentiert.

»Ich danke meinen jungen Freunden«, erklärte Clemens Bernhard jetzt. »Meine Idee wird tatsächlich das menschliche Zusammenleben verändern. Im Prinzip funktioniert das Handy wie ein Lügendetektor. Es zeichnet die Stimme des Anrufers auf und macht sogenannte Hüllkurven. Wenn der Anrufer lügt, verändert sich die Stimmlage, die Tonalität, die Sprechgeschwindigkeit. Und damit natürlich die Hüllkurve.«

»Und weil das Handy diese Kurven permanent miteinander vergleicht, merkt es, wenn sich etwas verändert. Dann blinkt es oder gibt ein Signal. Ist es nicht so?«, fragte Lars.

»Genauso ist es, junger Mann«, sagte der Erfinder und nickte beeindruckt.

»Kannst du dich denn jetzt wieder an alles erinnern?«, fragte Penelope und angelte sich eine Bratwurst vom Grill.

Clemens schüttelte den Kopf. »Nein, aber dank eurer Hilfe weiß ich wieder, was ich erfunden habe. Ich kann das Handy rekonstruieren. Bis morgen sind die Formeln auf dem Papier.«

Tante Sophia hatte vor Aufregung ganz rote Wangen. »Stellt euch nur mal vor«, sagte sie, »bald hat jeder so ein Ding. Dann wird die Welt wohl ohne Lügen auskommen müssen.« Sie hob ihr Glas und trank auf den Erfinder.

Die Umsitzenden strahlten. Nur Penelope war ein wenig nachdenklich. Für sie war die Erfindung unpraktisch. Sie hatte Hunderte von bunten Ausreden parat, kleine Notlügen und wilde Schummeleien. Sie mochte die lustigen Ideen, die wie bunte Schmetterlinge aus ihrer Fantasie schlüpften. Was würde jetzt aus ihnen werden?

Daniel Dorin räusperte sich und setzte zu einer Rede an. »Ich bin euch noch eine Erklärung schuldig«, begann er umständlich. »Die beiden Ganoven sprachen mich vor einer Woche an. Sie sagten, sie seien Journalisten und machten eine Story über Clemens. Und von mir wollten sie Infos. Ich dachte, es ginge um Alltagskram aus dem Leben des großen Erfinders. Die Bezahlung war gut, und ich konnte das Geld für meine Delfine brauchen.«

»Vergeben und vergessen«, sagte Clemens Bernhard und grinste breit.

Der Abend ging zu Ende, der Professor und seine Freunde verabschiedeten sich fröhlich, und die Kinder zogen über die kühle Wiese zum Boot. Sie angelten nach der Strickleiter und kletterten an Bord, dann stiegen sie in die Kajüte hinunter. Sternchen warf sich auf die Sitzecke. »Ich finde es wundervoll, wenn niemand mehr schummeln kann«, gähnte sie.

»Tatsächlich?«, fragte Penelope und knipste das Licht aus. Kurze Zeit später hörte sie, wie ihre Freunde tief und fest schliefen. Penelope starrte in die Dunkelheit, und ihre Gedanken fuhren Achterbahn. Sie dachte plötzlich an ihre Mutter, die sie nie kennengelernt hatte. »Sie war wie du«, sagte der Professor

manchmal. »Eine faszinierende Frau«, lautete der Kommentar von Onkel Clemens. Sie hatte den beiden immer geglaubt. Würde sie ihren Vater und Clemens noch einmal nach ihrer Mutter fragen? Mit diesem neuen Handy? Penelope seufzte und drehte sich auf die andere Seite. Wahrscheinlich unterhielt sich die ganze Welt bald nur noch mit diesem Ding. Und niemand glaubte mehr einem anderen Menschen, wenn er nicht in sein Handy sprach. Nein, diese Erfindung war kompletter Unfug. Penelope setzte sich kerzengerade auf, sie musste etwas unternehmen. Leise stand sie auf und nahm eine Kerze vom Küchenbord. Dann suchte sie nach Stift und Papier. Sie stieg an Deck, zündete die Kerze an und dachte ein paar Minuten lang nach. »*Lieber Onkel Clemens*«, schrieb sie dann. »*Deine Erfindung wird das Leben böse verändern. Du und der Professor, ihr habt mich nie angelogen. Woher ich das weiß? Ganz ohne dein Handy? Weil ich nicht doof bin. Und weil ich euch immer vertraut habe!! Du musst etwas anderes erfinden. Bitte!!! Deine Pen.*

Gleich morgen früh wollte sie den Brief vor Clemens' Tür legen. Müde, aber erleichtert stieg sie in die Kajüte hinunter und war nach wenigen Sekunden eingeschlafen.

14. Kapitel

Der Fernsehauftritt des Erfinders

Heute war es endlich so weit! Clemens Bernhard würde seine Erfindung der Öffentlichkeit präsentieren.

Im Wohnzimmer des Professors saßen Penelopes Vater, Daniel Dorin und Anna Goncalveš gespannt auf dem Sofa. Lars, Jojo, Sternchen und Penelope knieten vor dem Fernseher und zählten die Minuten. »Das waren die Nachrichten, und nun wird es spannend, meine Damen und Herren«, erklärte eine blonde Moderatorin. Die Kamera schwenkte, Clemens Bernhard kam ins Bild, nestelte nervös an der Brille und setzte zu seiner Rede an. »Es ist ein wenig komplizierter, als Sie denken mögen«, begann er, und die Freunde zu Hause vor dem Fernseher nickten. »Ich wollte Ihnen meine Erfindung enthüllen. Aber dann verlor ich plötzlich mein Gedächtnis und meine Unterlagen.« Für einen kurzen Moment lächelte er in die Kamera, und man konnte fast glauben, dass er jemandem zublinzelte. »Ich bitte um Verzeihung. Aber ich kann mich tatsächlich nicht erinnern, was ich erfunden habe. Sicherlich war es etwas ganz Fantastisches.«

»Was?«, brüllten Lars und Jojo. Sternchen schnappte nach Luft. Und der Professor fiel fast vom Sofa.

»Danke«, murmelte Penelope leise, »ich danke dir.«

Dann verbeugte sich Clemens Bernhard und trat von der Bühne. Ganz leise und ganz unspektakulär.

LESE RATTEN

Krimispaß für Leseratten: Penelope und ihre Freunde

Endlich Sommerferien! Penelope, Sternchen, Lars und Jojo freuen sich auf sechs Wochen Sonne, Spaß und Spielen auf dem alten Kutter, der ihnen als Quartier dient. Doch bald schon stecken sie in einem Kriminalfall: Auf Mischas Schrottplatz wurde eingebrochen. Alle Spuren führen ins Leere, bis die vier Freunde einen heißen Tipp erhalten: Es geht um kostbare Diamanten …

Der erste Band der Leseratten-Kinderkrimiserie: Freundschaft, Bandenspaß und Detektivspannung!

Angie Westhoff
Ein Fall für Penelope
Einband und Illustrationen
von Dorothea Tust
Ab 8 · 96 Seiten
ISBN 978-3-7817-2450-1

KLOPP

Weitere Informationen unter:
www.erika-klopp.de